银发川柳

日本公益社团法人全国养老院协会 著
〔日〕古谷充子 绘
赵婧怡 译

吃饭要吃八分饱 剩下两分 留给药

人民文学出版社
PEOPLE'S LITERATURE PUBLISHING HOUSE

著作权合同登记号 图字01-2021-2638

图书在版编目(CIP)数据

吃饭要吃八分饱 剩下两分 留给药 / 日本公益社团法人全国养老院协会著；(日) 古谷充子绘；赵婧怡译. --北京：人民文学出版社, 2022
(银发川柳)
ISBN 978-7-02-016093-8

Ⅰ. ①吃… Ⅱ. ①日… ②古… ③赵… Ⅲ. ①诗集—日本—现代 Ⅳ. ①I313.25

中国版本图书馆CIP数据核字(2021)第254533号

责任编辑 卜艳冰 王皎娇 何王慧
装帧设计 李苗苗

出版发行 人民文学出版社
社　　址 北京市朝内大街166号
邮政编码 100705

印　　制 山东新华印务有限公司
经　　销 全国新华书店等

字　　数 74千字
开　　本 787毫米×1092毫米 1/32
印　　张 3.875
版　　次 2022年3月北京第1版
印　　次 2022年3月第1次印刷

书　　号 978-7-02-016093-8
定　　价 36.00元

如有印装质量问题，请与本社图书销售中心调换。电话：010-65233595

银发川柳 2

兴趣篇

Silver在日制英语中指代“老年人”。日本65岁以上的人口总数为3074万（2012年日本总务省统计局数据），占总人口的四分之一。根据同一调查可知，老年人的兴趣爱好中，园艺排名第一，看书第二。男性最喜欢制作家具，女性则偏爱编织和手工。除此以外，散步与唱歌也拥有较高的人气。

福
寶

I

好汉不提当年勇
毕竟当年见证者
现在已经全没有

上中直树·男性·千叶县·30岁·个体户

想学迈克尔·杰克逊注

结果被当成

病情发作

注：美国流行乐男演唱家、音乐家、舞蹈家

井野浩·男性·福冈县·47岁·无业

同学会上齐干杯
没承想
一起踉跄

石冈和子・女性・东京都・82岁・无业

老婆大人常念叨
社会安定第一条
夫妻和睦最重要

得能义孝 · 男性 · 广岛县 · 67岁 · 无业

明明爱忘事
唯一能记得的
就是自己不健忘

井上荣二 · 男性 · 千叶县 · 76岁 · 无业

年过古稀人会变
夜不归宿也没事
反正老伴不吃醋

津村信之 · 男性 · 东京都 · 69岁 · 无业

虽然没听懂别人说啥
但还是模仿旁边的人
傻笑了起来

北川山三·男性·茨城县·70岁·无业

老婆像玫瑰
花开时很美
花谢全身都是刺

中村利之·男性·大阪府·65岁·无业

退休回老家
发现自己
竟然还算年轻人

安松文次·男性·大分县·64岁·无业

曾孙问题太难答
爷爷活得那么久
有没有见过恐龙呀

冈崎万纪子·女性·千叶县·55岁·主妇

老婆养了狗
想要对它说
我好嫉妒你

西冈博·男性·高知县·61岁·无业

总忘东西放哪里
结果每次大扫除
它们就会全出现

熊井次江・女性・大分县・70岁・主妇

收到短信想回复
结果寄出
明信片

植平胜子·女性·京都府·84岁·主妇

100
10
50
2
60

退休老婆送礼物
打开一看是围裙
有种不祥的预感

田边正胜·男性·东京都·64岁·打工者

最美不过夕阳红
我看这话
在瞎扯

营勇・男性・大分县・81岁・无业

年纪大了胃口小
偶尔吃一块年糕注
全家突然好紧张

注：老年人吃年糕容易被噎住

山本哲也・男性・千叶县・39岁・公司职员

我家铁锅寿命长
已经用了五十年
锅盖还能合得上

田村常三郎·男性·秋田县·76岁·无业

要是我家里
也能来一次
政权交接就好了

伊能幸一・男性・千叶县・76岁・无业

人要有梦想
年纪大了
就真实现不了了

永松义敏·男性·奈良县·68岁·民事调解委员

看到偶像已经在
庆祝六十大寿
就知道自己老了

二瓶博美・男性・福岛县・54岁・无业

II

老人会里人才多
『打油诗王子』竟然
除我以外还有一个

原峻一郎 · 男性 · 佐贺县 · 76岁 · 无业

助听器戴越久
耳朵越不好使

白井道义·男性·福冈县·70岁·无业

男女混浴泡温泉
本应该是快乐时
可惜晚了几十年

莲见博・男性・栃木县・59岁・无业

雄起吧
不是说日本
而是我的腿和腰

上条直子·女性·东京都·28岁·无业

坐车最害怕
异性注视下
我掏出了老年卡

藤泽繁夫·男性·石川县·57岁·裱糊匠

拄上拐棍不服老
还能模仿
座头市注

安达秀幸·男性·东京都·58岁·个体户

注：座头市是日本导演北野武执导的电影中一名双目失明但拔剑速度如闪电的武士

嘴里喊着好危险
提醒孙子要注意
结果自己摔倒了

奥川美和・女性・和歌山县・38岁・主妇

忘记汉字怎么写
拿起字典想查下
发现根本看不清

老爷子・男性・千叶县・67岁・兼职员工

医生突然
对我好温柔
有点害怕

上野翠・女性・兵库县・69岁・主妇

今天也打开了防雨板注
让邻里都知道
我还活着

小林千美·女性·群马县·71岁·药剂师

注：防雨板安装在建筑物外侧，起到防风、遮光等作用

对老伴最大的体贴
就是对她的浓妆
视而不见

井川实·男性·东京都·71岁·个体户

扫墓时被人问
是不是在
提前选墓地

村上真一 · 男性 · 大阪府 · 41岁 · 公司职员

最近一次用力写字
是在
写遗嘱时

吉川弘子·女性·神奈川县·60岁·个体户

出门旅游去处多
牙科外科和内科
耳鼻喉科和眼科

吉野京子·女性·千叶县·56岁·主妇

组团去旅行
日子真难定
每天都有人体检

牟礼丈夫・男性・京都府・80岁・无业

一颗坏牙也没有
因为嘴里
已经全是假牙

浅川雅巨・男性・爱媛县・71岁・无业

每天健康万步走
走到狗狗都嫌累

清水雅之·男性·奈良县·69岁·自由职业者

不知该如何
对妻子开口
交代身后事

小林丰文 · 男性 · 静冈县 · 50岁 · 公司职员

耳朵差到
连诈骗电话
都听不清

竹重登美子・女性・山口县・67岁・主妇

电视声音嫌太小
调大音量努力听
原来在放摇篮曲

桑田佳子·女性·神奈川县·50岁·护理员

哎哟好难受
突然一时想不起
老公叫啥了

五十岚宽子·女性·埼玉县·63岁·无业

人老爱健忘
吃没吃早饭
妻子试探问

高桥智子·女性·宫城县·59岁·主妇

想找人唠嗑
聊聊今日新鲜事
结果只能说给猫猫听

有贺绿·女性·东京都·54岁·体育教练

切菜板上许多痕
妻子辛劳全知晓

猿渡富美男·男性·福冈县·86岁·无业

我也是三高注

血压血糖尿酸高

三木英奈·女性·兵库县·35岁·主妇

注：日语中的『三高』一般指学历高、收入高、个子高，代指社会精英人群

III

老婆在跳草裙舞
我就好像
见了鬼

坂本美纪 · 女性 · 高知县 · 59 岁 · 无业

耳朵太背
傻傻分不清
相亲和炸鸡注

注：『相亲』和『炸鸡』的日语读音相近

西出和代·女性·东京都·57岁·无业

双手合十好虔诚
只为稳站
体重秤

上野翠・女性・兵库县・68岁・主妇

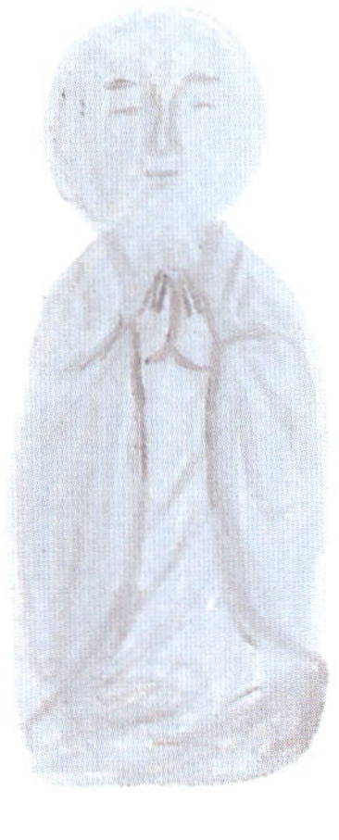

我这一生爱阅读
年轻时读脸色
老了以后读经书

瀬户比嘉利·女性·神奈川县·43岁·海报绘图师

早起不是我本愿
一到时间眼就睁

北风·男性·长野县·30岁·兼职工作者

随着时间流逝的
除了膝软骨[注]
还有银行存款

注：膝软骨磨损是老年人的常见病之一

久枝·女性·东京都·62岁·主妇

所谓银发族
就是跳着伦巴注
上了急救车

注：『银发族』与『伦巴』的日语读音相近

诸田光雄·男性·群马县·62岁·无业

老婆今天没大吼
吓得我赶紧
看看她还活着没

冈良真理子·女性·大阪府·26岁·家政人员

已经眼花到
连招聘信息
都看不清了

田中清春·男性·京都府·63岁·无业

数好找零装钱包
却忘了拿购物袋

阿寄哥・男性・东京都・66岁・公司职员

日常装傻充耳背
结果大事
没听见

铃木正治·男性·静冈县·78岁·无业

已经撑不住了
我们还是解散吧注
老婆对我说

富田圭一・男性・兵库县・71岁・无业

注：日本一些偶像组合在解散时会做类似发言

老年补助金
原封不动
都发给孙子了

岩桥喜代子·女性·和歌山县·76岁·无业

我把假牙取下来
孙子看到后
让我把眼球也取下来

佐佐木恭司・男性・神奈川县・63岁・无业

我的精神倍儿健康
遗书都能写两遍

东清一郎·男性·神奈川县·94岁·无业

1

自我介绍有名头
因为血压正常值

寒梅・男性・枥木县・74岁・无业

爷爷奶奶说起话
像相声二人组
只可惜没逗哏

今井贵之·男性·埼玉县·26岁·打工者

AKB
SKE
NMB

看见新名词
字典查半天
最后还得问孙子

岩本清·男性·福井县·80岁

今天预约保洁员
老爸好像很重视
买好点心家里等

近藤真里子·女性·东京都·47岁·兼职工作者

今天奶奶要体检
内衣选了老半天

铃木理惠子·女性·京都府·52岁·针灸师

所谓幸福很简单
夫妻二人桌边坐
同吃一碗拌豆腐

和田次郎·男性·福冈县·71岁·无业

人生好艰难
辛苦辛苦养儿子
儿子长大养孙子

卑弥呼・男性・东京都・65岁・个体户

敬老日已经不够用
麻烦再设个
超级敬老日吧

昼田正·男性·山口县·59岁·自由职业者

IV

老婆大人有不满
求你直接跟我说
别再跟狗吐槽了

足立忠弘・男性・东京都・71岁・无业

『啊』张下嘴
以前是接吻
现在是喂饭

山口松雄·男性·爱知县·63岁·无业

实在太无聊
竟然跟电话诈骗犯
唠起了嗑

星野透·男性·埼玉县·72岁·无业

每天生活很简单
吃饱喝足就睡觉
如果是猪已出厂

渡边嘉子·女性·福岛县·83岁·无业

一不小心摔了跤
仔细一看
家里地面很平整

岩崎总惠·女性·滋贺县·55岁·兼职工作者

孙子来问我微信
我把邮政地址告诉他

片濑松美·女性·千叶县·26岁·公司职员

爷爷　爷爷
你大脑里的褶皱
长到脸上啦

楠烟正史·男性·大阪府·66岁·无业

老伴笑我化妆浓
也不看看自己
脱发症

北川康宏·男性·大阪府·58岁·音乐家

老人会里挺复杂
派系多多
官儿不少

森山勉·男性·新潟县·74岁·农民

我的寿命实在长
遗言都想了
好多年

北川贤二·男性·大阪府·54岁·个体户

久病成医知识广
能跟医生搞辩论

玉井一郎·男性·香川县·77岁·教师

老伴喊我拿瓶茶
我刚应声拿出来
转眼瓶子掉地上

山本隆庄・男性・茨城县・71岁・无业

辛辛苦苦一辈子
好不容易买房子
老来到头一人住

城本寿子・女性・大阪府・80岁・无业

日常之谜要推理
眼镜和钥匙去哪儿了

涌井悦子·女性·新潟县·55岁·主妇

居委会安排我
不要活太久

花本正昭·男性·岛根县·68岁·农民

吃饭要吃八分饱
剩下两分
留给药

黑泽基典·男性·群马县·45岁·教师

和年轻人享受同等待遇
也只有在理发店
付钱时了

二瓶博美・男性・福岛县・52岁・公司职员

电梯怎么不动了
原来忘记
按楼层

盐田时子·女性·埼玉县·77岁·无业

被人称赞会写字
龙飞凤舞有韵味
其实只是手抖了

大泽纪惠·女性·新潟县·70岁·无业

年纪过古稀
被人叫才女
可惜还单身

原峻一郎 · 男性 · 佐贺县 · 79岁 · 无业

吃块巧克力
假牙都被甜掉了
还是赶紧给孙子

饭田富子·女性·富山县·102岁·无业

奶奶 奶奶
你要健健康康
努力活下去啊

熊谷健志·男性·冈山县·7岁·小学二年级学生

后记

笑容能拉近人与人的关系

“银发川柳”是日本公益社团法人全国养老院协会从2001年开始、每年举办的川柳作品征集活动。虽然日本已经进入了老龄化社会，但老年人的发声机会仍然不多。以纪念协会创立20周年为契机，为了以轻松愉快的方式点缀老年人的日常生活，协会举办了“银发川柳”活动。至今为止，川柳作品投稿数已经超过了11万首，2012年秋，活动的征稿也首次结集出版。发行后，得到了相当大的反响，因此，才有机会继续出版续篇。

编辑部每天都能够收到大量读者来信。“好久都没有这么笑过了！简直就是笑中带泪！”“能够感同身受。现在看这些川柳已经不觉得与自己无关，还开始产生共鸣，被这些作品赋予了干劲与勇气。”“家人把这本书作为礼物送给了我。”“把这本书带到聚会上就成了段子手！”“以前一直严肃到不行的老公，看着这本书笑喷了。”看着这些读者来信，我的脑海中浮现出了大家围着这本书露出笑容的样子。而这种由笑容拉近的关系，实在是太难得了，因此必须借此机会向大家表达感谢。

为日常生活增添一抹诙谐之色

读者来信中，还有人表示“自己平时是个没有幽默细胞的人，不过从今天起，也要开始挑战创作川柳了”“大家都写得太好了，我们社团活动的气氛也热闹了起来”。

川柳的优点在于不受俳句的诸多限制，可以将自己的日常体验与想法直率地抒发出来。只要有纸和笔，就能轻松参与。可以组织小型社团，把大家集合起来，每天进行创作练习；也可以日常想到什么，就马上通过随身携带的便条写下。川柳的创作形式多种多样，不过其中最多的，还是记录自己生活的作品。

本书中也集合了多位老年朋友的日常风景。比如“每天健康万步走 / 走到狗狗都嫌累 ”，以及“人老爱健忘 / 吃没吃早饭 / 妻子试探问”，便是“银发川柳”中常见的“健忘”主题。前者是说忘了自己已经散过步，多次遛狗后被狗嫌弃；后者则是常年一起生活的夫妇趣味日常。“助听器戴越久 / 耳朵越不好使”和“同学会上齐干杯 / 没承想 / 一起踉跄”，则将老年人的身体不便以自嘲的方式体现了出来，有种难以言状的可爱。

老年人的坚韧之处

本书收录了包括第九届、第十届征集活动的入围作品在内共 90 首川柳。虽然不少川柳的创作者并非老年人，但无论是哪个年龄层创作的作品，都充满了老年生活独有的趣味与老人特有的坚韧。在 2010 年活动举办 10 周年纪念之际，我们向最年长的作者（富山县 102 岁）、最年少的作者（冈山县 7 岁），以及十年连续投稿的作者（佐贺县 79 岁），分别颁发了特别奖。

本书不仅是一本寄语集，还是日本老龄化社会的缩影。每一首川柳的背后都有一个故事，是每个人不同的人生故事。大家每天都在面对严酷的现实，摸索着解决的方法。有时也需要放松下来，让自己开怀一番。而这种通过川柳带来的共鸣，也会给予我们面对明天的勇气。如果这本书能够博大家一笑，那实在是我们的无上之喜。

最后，向所有为本书提供作品的作者，表达最诚挚的感谢。

日本公益社团法人全国养老院协会

白杨社编辑部